Angelika Ebeling

Eine offene Rechnung

Böse Geschichten,
die das Leben schreiben könnte.

© 2020 Angelika Ebeling

Verlag und Druck:
tredition GmbH, Halenreie 40-44, 22359 Hamburg

ISBN
Paperback: 978-3-347-17874-8
Hardcover: 978-3-347-17875-5
e-Book: 978-3-347-17876-2

Für meine Lieben

„Über alles hat der Mensch Gewalt,
nur über sein Herz nicht."

Friedrich Hebbel

Inhalt

Der Traum

Vera schlummerte in ihrer gelb geblümten Seersucker-bettwäsche und schlief. Da sie auf dem Rücken lag, konnte man ihr leises Schnarchen gut vernehmen. Unter ihren grauen Locken glitzerten feine Schweißperlen, die sie sich im Schlaf wie zufällig dann und wann abwischte.

Bewusst, wohl aus Erfahrung, strich ihre rechte Hand dabei behutsam um das linke geschwollene Auge. Ihr linker Arm ruhte auf der leeren Betthälfte neben ihr, das Laken fühlte die von der schweren Arbeit rissigen Hände.

Ja, Vera schlief tief und fest.

Das aufkommende Gewitter erreichte weder ihre Ohren und schon gar nicht ihre Seele.

Donner, Blitz, Hagel und Sturm beeindruckten eher das hundertjährige Dach, unter dem sie gerade träumte.

Sie hörte einfach nichts und konnte natürlich auch nicht sehen, wie sich um den Misthaufen auf dem Hof kleine Pfützen zu sprudelnden Rinnsalen bildeten.

Veras Traum.

Eine kleine, nicht mehr ganz schlanke Frau schwang zitternd aber mit voller Anspannung einen eisernen Spaten über das Haupt eines Mannes, der sich gerade über die geöffnete Motor-haube eines Traktors beugte, um...

Es war nicht damit getan, dass diese Person nun wie leblos am Boden lag, nein, der Spaten wirbelte noch einige Male in der Luft und transportierte dabei jahrelangen angestauten Hass.

Der Bauer, der schon vorher kein ansprechendes Gesicht besaß, hatte nun wirklich gar keines mehr.

Nach einer kurzen Versicherung und einem befreienden Ausatmen ging die Bäuerin mit festen Schritten auf die Scheune zu, um nach nur wenigen Minuten, auf einem kleinen Bagger sitzend, auf den Misthaufen zuzurollen.

Geübte Handgriffe trieben nun eine angemessene Schneise in den übelriechenden Berg, der ja vom Unrat lebte. Und nun war nur noch ein Zuckeln und Ruckeln nötig, um anschließend wieder den Haufen in seinen Originalzustand zu versetzen, also fast...

Das Gewitter hatte die Morgenluft gereinigt.

Vera schlug die Augen auf und verspürte eine nie gekannte Vorfreude auf den Tag.

Einzig die schmutzigen Gummistiefel vor ihrem Bett verunsicherten sie kurz, aber auch dieser Moment verflüchtigte sich schnell.

Ihr Kinderlein kommet

Im Namen des Vaters, des Sohnes und des Heiligen Geistes, Amen! Maria sprach die Worte mit zusammengepressten Lippen. Dabei legte sie ihre rechte Hand behutsam auf ihren noch flachen Bauch. Sie versuchte gleichmäßig zu atmen, ein und aus.

Die Besucher des Gottesdienstes erhoben sich langsam von den Bänken, man nickte sich zu, hielt ein erstes Schwätzchen, um sich dann auf den jungen Pfarrer an der Kirchentür zu konzentrieren.

Maria ließ alle an sich vorbeiziehen. Niemand bemerkte, dass sie sich schnell dem Aufstieg zum Glockenturm zuwandte. Vorsichtig bewegte sie sich auf den schmalen Stufen bis zur alten Leiter. Hier gönnte sie sich eine kleine Verschnaufpause, zog den Hammer aus ihrem Stoffbeutel und schlug mehrmals gegen die obersten Holztritte, ohne sie nach außen hin ernsthaft zu beschädigen.

Als sie rückwärts die Sprossen wieder hinab stieg, zitterte sie am ganzen Körper. Wieder zwang sie sich, gleichmäßig zu atmen.

Unten angekommen, schlich sie in die Sakristei, von hier führte eine kleine Tür nach hinten hinaus in den Pfarrgarten.

Sie nahm den Weg am Fluss entlang, wo sie sich wie unauffällig zum Wasser bückte und kurz verharrte. Dann stopfte sie den leeren Beutel in ihre Jeansjacke und lief zügig weiter.

Sieben Monate später. Der neue Pfarrer kam schnaubend und mit gerötetem Gesicht in die Küche seines neuen Hauses.

Es war ihm anzusehen, dass ihn jede Bewegung anstrengte, sein Talar wirkte abgetragen, seine Nase schimmerte verdächtig rot.

Bei jedem Morgengebet haderte er, warum er nur kurz vor dem Ruhestand diese Stelle übernehmen musste. Herr, wo warst du?

Gerade stellte Maria einen Teller mit Suppe, frisches Brot und natürlich ein Glas Rotwein auf den Tisch.

„Sagen Sie mein Kind, mein Vorgänger, der Kaplan Weiß, Gott hab ihn selig, ließ es sich einfach nicht nehmen und wollte das Geläut unbedingt selbst reparieren?"

„Ja, Hochwürden, er ließ sich nicht abhalten."

„Na, jung und sportlich war er ja. Und – wie sagt man – attraktiv auch."

„Ja."

„Einfach ein bedauerlicher Unfall."

„Hochwürden, Ihre Suppe wird kalt."

Der Alte schaute auf Marias weites Kleid und fragte: „Wann ist es denn soweit, ihr Bauch kann ja mit meinem fast mithalten."

Sie lächelte. „In zwei Wochen."

Das Experiment

Montag, 9.30 Uhr

Als er den Motor startete, nahm sie den Duft zum ersten Mal wahr. Jasmin oder Lavendel. Nicht ihr Parfüm. Vorsichtig sog sie die feine, kaum noch vorhandene Brise ein. Sie betrachtete ihn aus den Augenwinkeln. Er war wie immer, konzentriert.

An der Tankstelle musterte sie unauffällig das Innere des Wagens. Sie prüfte die Fußmatte, suchte nach Haaren. In den Fächern ... nichts. Sie schloss die Augen und atmete tief ein. Doch, es war Lavendel. Wer hatte auf ihrem Platz gesessen?

Am Flughafen verabschiedete er sich schnell, drückte sie kurz an sich, ein flüchtiger Kuss. Sie blickte ihm noch eine Weile hinterher. Flog er vielleicht nicht allein? Wartete jemand schon im Flugzeug? Sie wurde von hinten angestoßen, eine Gruppe Japaner stolperte schwatzend durch die Halle.

Zuerst suchte sie in den Taschen seiner Anzüge, schnupperte an den Kragen. Sie fand ein unbenutztes Tempo, er nahm nie Papiertaschentücher. Dann ein unverfänglicher Anruf im Büro, nein, die Brille vom Chef liegt nicht auf dem Schreibtisch.

Wie hieß das Hotel – war es das vom letzten Mal? Ja, Herr Dr. Winter habe sein Zimmer bezogen, soll etwas ausgerichtet werden? Schnell legte sie auf.

Alles nur Einbildung? Mit einer Flasche Rotwein ging sie ins Bett, ihre Hand streichelte sein Kopfkissen.

Warum rief er nicht an? Am Morgen seine SMS, sie klang ehrlich, lange Sitzung mit dem Vorstand, Abendessen, dann wollte er sie nicht mehr wecken. Es war Zeit, sie musste ins Labor, die neue Versuchsreihe sollte gestartet werden.

Sie würde wachsam sein. Die Odyssee ihrer Mutter würde sie nicht... Nie! Abends dann sein Anruf.

Er wirkte angespannt, die Verhandlungen liefen zäh, nein, Hamburg habe er sich noch nicht ansehen können. Er käme Mittwoch. Wie es ihr gehe, wollte er nicht wissen. Ja, bis morgen.

Die Assistentin rief sie ans Telefon. Er meldete sich vom Flughafen, ja, er hätte die Frühmaschine genommen, wollte gleich ins Büro. Sie würden sich ja abends sehen.

Er hatte sich nicht an die Absprachen gehalten. Sie blieb eine Weile mit dem Telefon in der Hand stehen. Ihre Hände waren plötzlich kalt, ein leiser Druck im Magen machte sich bemerkbar.

"Anna, wir warten auf dich." Sie schüttelte sich, reiß dich zusammen. Alles ist vielleicht ganz harmlos, die Arbeit. Der Test verlief wie erwartet, die Ergebnisse bestätigten ihre Theorie, es ging vorwärts, endlich.

Als sie die Tür aufschloss, duftete es verführerisch, ihre Lieblingspasta. Beethoven aus dem Wohnzimmer, wollte er etwas gutmachen?

Die Begrüßung herzlich, nicht wie früher zärtlich. Auf dem Esstisch gelbe Rosen, gelbe.

Anna, du siehst Gespenster, warum sollte er denn...?

Sie plauderten lange, er war entspannt. Dann die Neuigkeit, Shanghai stand auf der Agenda der Firma, eine Außenstelle. Wann könne er nicht sagen, es sei noch zu früh. Anna dachte an ihre Arbeit, an die bevorstehendenden Versuchsreihen, die nächsten Monate waren genau geplant. Shanghai stand nicht auf ihrer Rechnung. Hatte er ihre Dissertation vergessen? Als sie aus der Dusche kam, schlief er. Sie drückte ihre Faust in den Mund.

Donnerstagmorgen

Seine Hand schob sich unter ihr Nachthemd, es ging alles sehr schnell. Sein Gesicht konnte sie nicht sehen, sein Stöhnen steckte sie an, sie genoss den Augenblick.

Er schlief mit ihr, war das nicht Beweis genug. Etwas später grinste er in den Spiegel. Jetzt war sie sich nicht mehr sicher.

Als sein Anruf kam, stießen sie gerade mit Sekt an, die zweite Testreihe war auch erfolgreich. Glückwunsch vom Chef. Ihre Wangen glühten, als sie ihr Handy ans Ohr hielt.

Unvorhergesehene Vorstandssitzung, außerhalb – ja, übers Wochenende, er bedaure, den Ausflug würden sie natürlich nachholen, es ist wirklich wichtig. Schon hatte er das Gespräch beendet. Kein Wort, wo er hinwollte, wann er wiederkäme. Ihr Magen verkrampfte sich wieder, sie hatte das Gefühl, sich übergeben zu müssen. Unauffällig lief sie zum Klo. Sie brüllte in die Spülung.

Freitagabend, allein auf der Couch.

Sie starrte auf den Sprecher der Tagesschau, Bilder aus Shanghai, Hochhäuser, nichts als Hochhäuser.

In der Hand hielt sie ihr Handy. Wann würde er anrufen? Sollte sie sich melden? Kurz vor zehn die SMS. Alles liefe gut, er sei müde, morgen würden sie telefonieren. Den Sonnabend verbrachte sie mit Putzen. Wie wild schrubbte sie die Fliesen, der Schweiß floss ihr den Rücken hinunter. Als wollte sie ihre Liebe wieder sichtbar machen, mit aller Kraft.

Sie fürchtete sich vor der Nacht, vor den bösen Gedanken, die leichtfüßig in ihrem Kopf zu tanzen schienen und ihr den Atem nahmen.

Sonntag

Sie hielt es nicht länger im Bett aus, sie musste laufen, sofort. Als sie durchgeschwitzt nach Hause kam, stand er im Wohnzimmer und telefonierte. Seine Stimme war verhalten, er sprach sehr schnell und eindringlich. Sie verstand aber nichts.

Bei der Begrüßung bemerkte sie einen neuen Duft an ihm. Er hätte sich unterwegs ein neues Rasierwasser kaufen müssen, seins hätte er vergessen.

Sie beobachtete ihn unauffällig, oft schaute er zu seinem Handy, ging in seinem Arbeitszimmer hin und her. Abends kochte er, so wie früher, wirkte er entspannter? Er trank mehr Rotwein als sonst. Hatte er Angst vor der Nacht?

Als er unter der Dusche stand, vibrierte leise sein Handy. Ohne zu zögern griff sie danach. Eine neue Nachricht: "Das Wochenende war schön. Wann meldest du dich?" Kein Name.

Eine heiße Welle durchlief ihren Körper. Sie wollte weitersuchen, aber das Wasser rauschte nicht mehr, sie legte das Handy wieder zurück.

Montagmorgen

Sie musste vor ihm aus dem Haus, sonst wäre sie explodiert. Den frühen Anruf aus dem Labor glaubte er ohne Argwohn. Er hinterfragte seit langem nichts mehr, was ihre Arbeit betraf...

Sie fuhr zum Fluss, lief über die Halbinsel. Die Luft war feucht. Durchatmen. Aus und ein. Konzentrier dich, hörte sie ihre innere Stimme, aber die war schwach. Sie musste laufen, ihr Körper verlangte nach Bewegung. Völlig erschöpft stieg sie ins Auto. Es war nur ein kurzes Überlegen, dann hatte die Wissenschaftlerin in ihr gesiegt.

Im Labor klappte auch der dritte Test. Zufriedenheit bei allen Beteiligten. Der Institutsleiter fand wohlwollende Worte. Bis man mit dem Ergebnis an die Presse, d.h. an die Öffentlichkeit trete, würde es noch dauern. Gut so, dachte sie.

Die Woche verlief ruhig. Die Arbeit schuf Fluchtbereiche... Erschöpft saßen sie abends am Tisch, aßen Tiefkühlkost. Sie spürte seine gedankliche Abwesenheit. Freiraum, den sie brauchte.

Freitagabend

Das Unterbewusstsein war vorbereitet. Die Nachricht, dass er auch an diesem Wochenende dienstlich verreisen müsse, kam nach 22 Uhr – angeblich per E-Mail. Zum Schein tat sie enttäuscht. Als er zu ihr ins Bett kam, hatte sie das Nachthemd bereits abgestreift. War er verwundert über ihre Hingabe? Danach schlief er sofort ein. Kurz nach Mitternacht verließ sie für zehn Minuten das Zimmer.

Montagmorgen

Sie stellte das Radio lauter – in der Hand eine Tasse Kaffee. Der Sprecher überbrachte zügig und ohne Emotionen die Meldung des Tages. In einem Waldstück nahe der Stadt fand man zwei Leichen in einem Auto. Die beiden Männer waren nackt.

Die Polizei konnte die Todesursache noch nicht ermitteln. Die Gerichtsmediziner fanden Spuren einer völlig unbekannten Substanz in den Lungen der beiden Toten.

Ruhig stellte sie ihre Tasse in die Spülmaschine und fuhr ins Labor.

Der Hochzeitstag

Ja, es gab sie tatsächlich – diese Traumsommerabende. Rosen-
und Lavendelduft, Sternenglitzern auf blauem Samt, ein
schwacher Wind... wie bestellt zu ihrem 25. Hochzeitstag.

Sie saß auf der Terrasse und schaute in das Flackern des letzten
Teelichtes. Die leere Sektflasche lag unter dem Tisch, auf dem
schmutzigen Geschirr tummelten sich die Motten und von der
Hollywoodschaukel vernahm sie sein gleichmäßiges Schnarchen.

Lass uns keinen Rummel machen, nur wir beide im Garten ganz
gemütlich, ha, sie hätte es wissen müssen, das Feiern mochte er
noch nie. Plaudern, scherzen, den aufmerksamen Gastgeber
spielen, viel zu anstrengend, viel zu teuer.

Sie hielt das Kuvert in ihren Händen. Auch hier hätte sie es ah-
nen können, aber vielleicht wäre sie ihm doch nach so vielen
Jahren etwas Besonderes wertgewesen. Eine Reise, ein
Wellnesswochenende, irgendwas Schönes, was Verrücktes...

Sie schob den Büchergutschein wieder in den Umschlag zurück.

Sie horchte in sich hinein, warum war sie so blind, so lange wi-
derstandslos geblieben.

Hatte sie es am Anfang nicht bemerkt, nicht erkannt? Urlaub im
Zelt, einkaufen streng nach Liste, Haushaltsbuch führen,
Schnäppchenjagd als Gesellschaftsspiel, mein Konto, dein Konto.

Freunde kosten Geld. Kino, Konzert alles Geldverschwendung,
der Fernseher hatte alles zu bieten, auch Rezepte, da braucht
man kein Restaurant zu besuchen, wer weiß, was die da alles ins
Essen manschen...

Hätten Kinder sie gerettet, wenigstens eins, wäre er dann der lie-
benswerte Mensch geblieben, der er als Student doch war?

Sie wusste nicht, wen sie mehr hasste, ihn oder doch sich selbst, weil sie es nicht schaffte zu gehen, einen Schlussstrich zu ziehen, neu anzufangen, zu leben, ja, zu leben.

Sie hing an diesem blöden Haus, an ihren Blumen, an dem weiten Blick über die Felder.

Das Schnarchen hatte aufgehört, er stand plötzlich auf, grinste etwas dümmlich und erklärte, dass er mal nach den Kirschen schauen wolle. Klar, seine Kirschen, die liebte er, ständig kletterte er am Baum hoch, setzte sich auf die höchsten Äste.

Er torkelte in die Dunkelheit, wollte er wirklich in seinem Zustand auf die hohe Leiter steigen?

Er wollte.

Von oben rief er ihr etwas zu, wedelte mit den Armen und lachte laut.

Es war eine Sekundensache die Leiter ein stückweit nach rechts zu schieben.

Sie beugte sich gerade über ihre Lieblingsrose, um ihren Duft zu genießen, als sie hinter sich den dumpfen Aufprall vernahm.

Sie war damals eigentlich dagegen gewesen, den Weg zu betonieren... und im Herbst würde sie ihn auch entfernen lassen, auf jeden Fall.

Sie war sich im Moment noch nicht sicher, ob dort eher rote oder besser weiße Rosen blühen sollten. Aber das hatte keine Eile.

Eine blöde Idee

So eine blöde Idee aber auch: ein Tagesausflug mit 30 Rentnern im Bus zu einem Dorfmuseum in der Pampa. Und sie hatte es ihm auch noch versprochen, komisch, dass er sich daran erinnern konnte, wo er doch in letzter Zeit so vieles vergaß. Mist!

Die Truppe war nicht zu übersehen, graue oder weiße Häupter in beige und kariert, das konnte ja heiter werden. Die Reiseleiterin tönte in den Bus hinein, aber keiner hörte ihr zu, entweder, weil die Hörgeräte nicht eingeschaltet waren, oder die Ersten schon beim Piccolo vor sich hin kicherten.

Lene schloss die Augen. Hans sah erwartungsvoll aus dem Fenster. Eine Reise in seine Kindheit, tausendmal erzählte Geschichten, Erinnerungen, die aus der Versenkung geholt wurden und das Alltägliche verblassen ließen. Seit einem halben Jahr verging kein Tag, an dem er nicht den Karton mit den verblichenen schon fast vergilbten Fotos auf seinem Schoß hatte und versunken da saß. Stundenlang.

Ein Bauer blieb ein Bauer. Damals, kurz nach dem Krieg, war ihre Mutter froh, sie an den Mann gebracht zu haben.

Männer waren Mangelware und deshalb spielte der Altersunterschied natürlich keine Rolle. Lebst doch ruhiger, meinte sie und zwinkerte mit den Augen.

Jetzt war es mit der Ruhe dahin, sie konnte Hans nicht mehr allein lassen, er brauchte sie Tag und Nacht. Und als Krönung dieser Ausflug, einfach blöd.

Am Eingang gab es noch ein paar Hinweise, in welche Richtung der Rundweg führte und wann man sich zum Schluss im Schnellbistro traf.

Hans dackelte los. Der Geruch, der von Ställen kam, zog ihn magisch an. Er ließ keinen Hof aus, lief in Scheunen und Schmieden, verweilte an Gartenzäunen und streichelte zärtlich Kühe und Pferde.

Es war nicht zum Aushalten, woher nahm er plötzlich diese Energie.

Eben kam er vor einem mit dunklen Stockrosen umrankten Torbogen zum Stehen. Lene konnte über seine Schulter das Schild lesen. Betreten verboten! Lebensgefahr. In drei Sprachen wurde vor der Jauchegrube gewarnt.

„Sieh mal Hans, dahinten grasen Heidschnucken."

Hans war nicht mehr aufzuhalten. Seine Brille hatte er schon beim Aussteigen in die Jackentasche gesteckt. Ein Bauer hält nie viel vom Lesen.

Es waren nur wenige Schritte, dann hörte man ein sattes Plumpsen. Sonst nichts. Stille.

Lena war die Erste im Bus. Sie kauerte sich in den Sitz und tat, als schliefe sie. Als die Reiseleiterin fragte, ob alle an Bord seien, jodelte es laut.

Bevor Lene einschlief, dachte sie noch kurz: doch keine so blöde Idee.

Orange ist in

Der Geschäftsführer des hiesigen Kaufhauses wischte sich nervös mit seinem hellblauen Taschentuch den Schweiß von der Stirn. Sein Gesicht war krebsrot und er hatte Mühe, seine Atmung zu kontrollieren. Wie ein Karpfen schnappte er nach Luft und murmelte ständig den einen Satz vor sich hin. Wie konnte das nur passieren, wie konnte das nur passieren? Was würde der Aufsichtsrat dazu sagen, würden sie ihn frühzeitig in Pension schicken... und die Presse, wenn das erst mal breit getreten wurde, nicht auszudenken.

Der stämmige, auch nicht mehr so junge Kommissar neben ihm biss herzhaft in sein Käsebrot.

Emmentaler, seine Frau wusste, was er liebte. Nur hatte ihn dieser leidige Notruf um seinen Frühstückskaffee gebracht und dementsprechend war auch seine Laune. Wegen so einer Lappalie war nun der ganze Vormittag versaut.

Der Sicherheitsbeauftragte des Kaufhauses war ebenfalls in einem desolaten Zustand, versuchte aber Ruhe zu bewahren und zeigte allen Anwesenden die schriftlichen Dokumente, die von ihm exakt umgesetzt worden waren.

Der Kaufhausdetektiv wirkte als einziger gelassen und umkreiste neugierig die tote Frau, die mit ausgebreiteten Armen vor ihm auf dem Bauch lag. Unwillkürlich musste er an den Schneider von Ulm denken und schüttelte dabei den Kopf.

Die Gerichtsmedizinerin kniete neben der Toten und sprach leise aber bestimmt in ihr Aufnahmegerät. Weiblich, Alter 72, ...

Sie vergaß auch nicht die orthopädischen Schuhe, die Dauerwelle und den weinroten Plisseerock.

Todesursache war ein Sturz in den Schacht des als defekt ausgewiesenen Fahrstuhls. Jemand musste das Absperrband und das Warnschild entfernt haben.

Der Kommissar hörte hinter sich ein lautes Schluchzen und als er sich umdrehte, erfasste er sofort die Situation.

„Ihre Frau? Mein Beileid. Was können Sie uns sagen?"

„Meine Jutta, ich versteh das nicht."

Er wäre mit Jutta beim Optiker gewesen, sie hatte eine neue Lesebrille erworben und sie wolle nur kurz in den Wäscheladen gehen. Anschließend wollten sie sich unten im Cafe treffen.

„Sie muss doch die Absperrung gesehen haben", war der Sicherheitsbeauftragte zu vernehmen.

„Und Sie haben die ganze Zeit unten auf sie gewartet?"

Nicken.

„Sag ich doch, Unfall. Zurück ins Präsidium." Es war nun kurz vor zwölf, in der Kantine gab es heute Sauerbraten.

Zurück blieben drei unglückliche Kaufhausangestellte.

Schaute man über das noch weiterdiskutierende Trio hinweg in den angrenzenden Park, so konnte man dort einen Penner beobachten, wie er sich über seine Beute freute, die er soeben aus dem Abfallkübel gezogen hatte.

In seinen schmutzigen Händen hielt er ein kleines braunes Brillenetui, aus dem er vorsichtig eine wohl nagelneue Lesebrille nahm, genau seine Stärke, wie er gleich feststellen würde.

Heute war sein Glückstag. Nur mit der Farbe haderte er kurz, ein kräftiges Orange würde künftig auf seiner Nase leuchten.

Na und.

✦ ✦ ✦

Karl

Obwohl sich Karl fest auf seinen Krückstock stützte, war sein Gang zittrig, als er die Stufen zur Sparkasse hinauf stieg.

Der alte Lodenmantel schlabberte um seine arthritischen Knie und er japste bei jeder Stufe nach Luft. In seinen ungepflegten Bart hatten sich kleine Schneeflocken gesetzt.

Kraftlos zog er mit der rechten Hand die Tür zur Filiale auf. Seine Fingernägel waren eingerissen und schmutzig, aber das konnten seine Augen schon lange nicht mehr ohne Brille sehen.

Karl zog sich seinen Pelzschapka vom Kopf und blinzelte in den Raum. Über ihm surrten die Neonröhren. Er war der erste Kunde und von den Angestellten war noch niemand zu sehen.

Argwöhnisch blickte er sich weiter um. Ha, da war sie. Wie immer um diese Zeit. Sein Gedächtnis funktionierte trotz seiner 83 Lebensjahre noch gut, sehr gut, wie er allen stets erklärte.

Karl ging mit grimmigem Gesicht zum ersten Schalter.

Er nahm sich vor, ganz vorsichtig zu sein und schaute sich doch noch einmal nach ihr um.

Sie wischte ruhig aber zügig den graublau schimmernden Marmorboden.

Ihre Bewegungen hatten etwas Tänzerisches, Schwungvolles. Als würde Irina, die aus Moskau kam, mit dem Wischmopp Walzer tanzen.

Karl hatte seine gesamten Ersparnisse abgehoben. Die Innentasche seines Mantels spannte über der linken Brust. Als er sich zum Ausgang wandte, hatte sich auch Irina in seine Richtung gewischt.

Karl war vorbereitet, seit Wochen konnte er an nichts anderes mehr denken. Gleich würde sie ihn zu Fall bringen und mit seinem Geld davonrauschen, zu ihrem Liebhaber, einem Serge oder Oleg ins Auto steigen und ab über die Grenze.

Es vergingen vielleicht zwei oder drei kleine Sekunden, dann setzte ein Klackern und Scheppern ein, gefolgt von einem dumpfen Aufschlag. Stille.

Die Auswertung der Überwachungskamera 20 Minuten später zeigte, wie ein alter Mann in seine Hosentasche griff und eine Handvoll Murmeln auf den Fußboden warf. Die bunten Glaskugeln hüpften und sprangen wild durcheinander.

Irina war auf diese Situation nicht vorbereitet, erschrak, stolperte und rutschte, fuchtelte mit den Armen, drehte sich um ihre eigene Achse, um dann rückwärts auf den von ihr frisch gewischten Marmorboden zu fallen. Da die Kamera keinen Ton aufzeichnete, wirkte ihr Sturz wie eine Momentaufnahme aus einem Stummfilm. Mit weit aufgerissenen Augen sah sie Karl hinterher und ihre Lippen formten noch ein russisches Potschemu: Warum?

Frau Klose

Ich muss etwas unternehmen, schnell. Diese Truller macht alles kaputt, jetzt, wo wir wieder anfangen zu leben, der Junge wieder lacht und die Nächte endlich durchschläft und nicht mehr einnässt...

Was bildet sich diese Frau ein, weiß sie überhaupt, wie das ist, wenn man eine Scheidung durchboxt, wenn der Ex nicht zahlt und die paar Kröten mit seinen Kumpels versäuft, das Gerangel auf dem Jugendamt, die Nachstellungen der scheinheiligen Oma, der Umzug in die kleinere Wohnung...?

Zwei Jahre hat der Spuk gedauert, endlich haben wir beide wieder einen normalen Alltag.

Natürlich ist Jimmy viel allein, nach der Arbeit in der Kantine seiner Schule gehe ich viermal die Woche in den Baumarkt Ware auspacken, ansonsten müssten wir jeden Cent dreimal umdrehen. Aber der Junge macht das gut, kümmert sich um seine Hausaufgaben, erledigt kleine Einkäufe. Na ja, sein Zimmer, aber er ist halt ein Junge.

Dass der Schulwechsel nicht einfach werden würde, war klar. Aber der Bengel wollte unbedingt aufs Gymnasium, nur wegen der Astro-AG. Sterne interessieren ihn wahnsinnig.

Beim ersten Elterngespräch kam die Dame auch gleich zur Sache, ich kannte sie ja vom Sehen beim Essenausteilen. Jimmy hätte Probleme in der Rechtschreibung, in Französisch käme er auch nicht mit, von Mathe ganz zu schweigen.

Ich müsse mehr mit ihm üben, seine Aufgaben kontrollieren, schließlich sei das hier ein Gymnasium, das müsste ich doch wissen.

Gestern hat er wieder geweint, als er nach Hause kam, zehn Fehler im Diktat. Frau Klose meinte, so ginge das nicht weiter und er solle ja eine ordentliche Berichtigung machen. Blöde Kuh.

Ich muss mir unbedingt was überlegen... Ja!

Bisher hatte keiner der Baumarktkollegen den aufgerissenen Beutel mit dem Rattengift, der in der hintersten Ecke in der Pflanzenabteilung lag, bemerkt. Der Azubi hat mal wieder geschlampert.

Heute Morgen bummelte Jimmy beim Frühstück, als ich ihn zur Eile antrieb, blieb er ganz gelassen. Die Klose ist doch krank, erzählte er, in der siebten Stunde in der 10a sei sie plötzlich zusammengebrochen, hatte Schaum am Mund und so eigenartig gezuckt. Der Rettungswagen musste kommen.

Ach so.

Silvesterfeuer

Es brennt, es brennt, bei der alten Stine, das Reetdach, ruft an, macht schnell!" Jens stand im Schutz des kleinen dichten Wäldchens, das sich gegenüber dem Haus seiner Tante befand. Er sah, wie die Flammen trotz eisiger Temperaturen in der letzten Nacht des Jahres in den Himmel schossen. Es knackte und knisterte. Schon rannten die ersten Nachbarn mit Eimern in Richtung Haus, aber das Wasser erreichte nicht das Feuer auf dem Dach.

Der Bodden war gefroren, die Freiwillige Feuerwehr des kleinen Fischerdorfes noch im Einsatz bei einem Verkehrsunfall wegen Glatteis.

Als der Löschzug endlich eintraf, war das kleine Häuschen bereits bis auf die Grundmauern abgebrannt. Erst jetzt wurde den Helfern bewusst, dass dort ja ein Mensch lebte oder gelebt hatte...?

Jens grinste, was so eine einfache und gar nicht mal teure Silvesterrakete alles bewirken konnte. Selber schuld, warum hatte sie ihm nicht die paar Kröten rausgerückt. Die Alte saß doch förmlich auf ihrem Zaster, lumpige 5000 wollte er nur, er war ja auch bereit, ihr alles zurückzuzahlen, obwohl... Er war doch ihr einziger lebender Verwandter.

Auf den Knien ist er vor ihr gerutscht, vor dieser alten Vettel, der alten Jungfer, kein Wunder, dass kein Kerl zu finden war. Sie hatte nur hämisch gelacht und ihre große Warze am linken Auge hüpfte dabei hin und her.

Mit ihren knochigen und mit Altersflecken übersäten Händen schlug sie sich auf ihre Schenkel. Dann griff sie wieder zur Fernbedienung und beachtete ihn nicht mehr.

Das bestickte Sofakissen sah ihn unschuldig an.

Das war gestern.

Zwei Tage später fand er schnell, was er suchte. Das Jahr fing gut an. Die Lokalblätter waren sich einig.

„… brannte das kleine Einfamilienhaus völlig aus. Die Feuerwehrleute fanden in den frühen Morgenstunden…"

Die Polizei vermutet, dass eine Silvesterrakete auf dem Reetdach…

Warum sich die alleinlebende Frau nicht retten konnte, blieb unklar… Die Ermittler gehen von einem tragischen Unfall aus…"

Am 15. Januar stand Jens allein am Grab seiner Tante. Die wenigen Trauergäste hatten sich auf Grund der eisigen Temperaturen schnell verabschiedet, zum Leichenschmaus hatte er nicht geladen.

Er schaut hinüber über das blaue Wasser des Boddens. Der Wind spielte mit der Schleife des Beerdigungskranzes, für ein paar Sekunden konnte man genau lesen, was da stand.

„In liebevoller Erinnerung, dein Neffe Jens."

Die Reise nach Rom

E-Mail an Frau Clasen, Sonntag 20.30 Uhr

*Sehr geehrte Frau Clasen,
entschuldigen Sie bitte, dass wir Ihnen zu dieser späten Stunde
noch einmal schreiben.*

*Wir hatten leider vergessen auf dem Elternzettel anzukreuzen, dass
unser Sohn eine Nussallergie hat, und sicher wird der arme Junge sich
nicht getraut haben, Sie darüber zu informieren. Bitte achten Sie während
der Kursfahrt nach Rom darauf, dass Torben diesbezüglich keine
Produkte zu sich nimmt.*

Wir wünschen Ihnen und Ihren Schülern eine erholsame Reise.

Mit besten Grüßen…

Dass ich nicht lache. Markenklamotten, sogar eine Rolex, kleiner
schnittiger VW zum 18. Und dann sich nicht trauen.

Der Einzige im Kurs, der mit „Sie" angesprochen werden wollte.
Konnte er haben. Auch Lehrer sind lernfähig, meistens.

„Wissen Sie, Frau Clasen, Ihr Französisch klingt sehr schulmeisterlich, man merkt, dass Sie noch nicht oft in Frankreich waren.
Ich empfehle Ihnen die Provence, da lernt man, wie die richtigen
Franzosen sprechen. "

„Na, Frau Clasen, wieder mal bei C&A eingekauft, die haben ja
mittlerweile auch ganz passable Klamotten."

„Ich brauche da unbedingt eine Freistellung, mein Vater weiht
seine neue Yacht ein und da ist sogar der Ministerpräsident eingeladen, das verstehen Sie doch."

Eigentlich wollte ich den kleinen Zettel vom Lehrertisch nicht so
ernst nehmen, aber genau genommen wäre es wohl besser.

Liebe Frau Clasen,

der Torben hat Sie gestern im Unterricht heimlich fotografiert, er hat irgendwas damit vor.

Hm. Eigentlich bräuchte ich einen neuen PC, das alte Ding hier hat schon so einige Macken, so manche Mail ist da schon abgesoffen, ich brauche doch was Moderneres.

Der Wasserkocher brummt, ich gieße die kochende Flüssigkeit ganz langsam über den Rechner, der in der Spüle liegt … und noch eine Ladung.

So spät wird sich ja keiner mehr kurz vor der Kursfahrt melden, warum auch.

Vor dem Schlafengehen muss ich unbedingt noch einmal im Stadtplan nachsehen, wo sich das kleine Cafe mit den leckeren Nusstörtchen befand.

Cafe Romana, wir kommen!

Eine neue Farbe

Mandy, Sie kommen wieder auf den letzten Drücker. Sie wissen doch, dass heute Nachmittag wieder meine Rommeerunde ist.

Ja, Frau Holzmann, das weiß ich.

Gerade heute ist es wichtig, dass ich richtig schick aussehe. Ilse bringt Herrmann mit.

Herrmann?

Na ihren Mann, mit dem hatte ich mal, aber ist ja schon 40 Jahre her, also... wie heißt das heute?

Eine Affäre?

Genau. Wir haben uns immer nach seinem Kegelabend heimlich getroffen, da gab es ja kein offizielles Ende.

So, jetzt waschen wir erst mal die Haare, kommen Sie mit rüber zum Waschbecken, ich stell den Stuhl davor, prima.

Und nehmen Sie nicht wieder so viel Shampoo. Neulich haben meine Augen hinterher ewig gebrannt. Und was soll Herrmann denken, wenn er mich mit so roten Glubschaugen sieht

Und seine Frau hat davon nichts mitbekommen?

Die Ilse, nee, die war abends doch immer völlig kaputt, die Feldarbeit und zu Hause die Viecher und den Garten versorgen, dazu noch die drei Bengels.

Kann ich mir vorstellen, dass sie ausgebrannt war.

Naja, ich hab damals im Büro vom Bürgermeister gearbeitet, seine rechte Hand, verstehen Sie.

Da waren Sie natürlich viel ausgeruhter und gepflegter.

So rubbeln Sie doch nicht so doll, Mandy. Ihre Fingernägel müssen Sie sich auch mal wieder schneiden, aua.

Und da ging es in der Laube also immer richtig zur Sache?

Seien Sie doch nicht so grob, ja der Herrmann war schon ein Draufgänger, ein toller Liebhaber. So, und nun die Farbe drauf. Dass mir ja keine graue Strähne zu sehen ist, letztens haben Sie den Ansatz nicht richtig abgedeckt.

Sind Sie denn gar nicht schwanger geworden, mit der Pille ging es doch gerade erst los?

Naja, verteilen Sie die Farbe gleichmäßig, links noch ein bisschen, darum hat sich Herrmann gekümmert, Sie verstehen?

Aber gemein war es doch irgendwie.

Ach was, Ilse die blinde Kuh hat nie was mitgekriegt. Eh die beim Rommee zum Auslegen kommt, ist das Spiel vorbei. Haben Sie heute eine andere Farbe genommen, Mandy?

Wie haben Sie sich denn verabredet, Handys gab es doch noch nicht und in so einem kleinen Kaff, wo jeder jeden beobachtet? Na, der Kegelabend war alle zwei Wochen und ist so gut wie nie ausgefallen. Das hat schon alles funktioniert, das können Sie mir glauben. Also die Farbe Kindchen, ich weiß nicht so recht...

Und die Ilse?

Mein Gott, die Ilse, mit ihrem Elefantenhintern und dem leichten Silberblick, die hatte überhaupt kein Feuer im A..., Sie wissen, schon, was ich meine, aber ansonsten eine treue Seele.

So, fertig, jetzt müssen wir etwas warten, bis alles eingezogen ist.

Haben Sie was Neues ausprobiert, das brennt ja wie Zunder auf der Kopfhaut. Mein Gott, mir ist ganz komisch auf einmal... Warum grinsen Sie denn so blöd, Mandy!? Oh...

Mandys Handy klingelt.

Hallo, Tante Ilse, ja ich habe die Farbe aufgetragen, wenn sie aufwacht und in den Spiegel schaut, wird ihr schwaches Herz wohl keine Chance mehr haben.

Prosecco? Bin gleich da.

Im Nebel

Kling Klang, die Ladenglocke ließ ihn kurz zusammenzucken. Es war genau eine Minute nach zehn Uhr, Montagmorgen und sein Blick aus dem Fenster prallte lautlos auf die Nebelbatzen davor. Er war gespannt, wer da wohl zum Schmuckkaufen kam.

Schnell nahm er das Vergrößerungsglas aus dem rechten Auge und eilte in den Verkaufsraum. Er schob seine Brille vom kahlen Schädel, um zu sehen, wer seine Kundschaft war.

Dann schauten seine Augen aufwärts von den pinkfarbenen Turnschuhen über die pinkfarbenen Jogginganzüge zu den weißen Gesichtsmasken und weiter – wie nicht anders zu erwarten – zu den pinkfarbenen schulterlangen Perücken. Die beiden standen ganz ruhig da, als hätten sie die Stille des Nebels mit hinein gebracht. So vergingen mindestens zwei, drei Minuten bis er sich gefangen hatte und endlich fragen konnte, ob das ein verfrühter Karnevalsauftritt wäre.

Beide schüttelten die Köpfe und das auch in einer Langsamkeit, die wie eine Zeitlupe wirkte. Und wie von Geisterhand gesteuert, zogen beide – natürlich gleichzeitig – mit ihren pinkfarbenen Handschuhen kleine Pistolen aus ihren Hosentaschen.

Waren die Dinger echt? Er hob vorsichtig beide Arme nach oben und wartete. Nun zogen sie wieder unisono einen Zettel aus den Jackentaschen und legten diese auf die Vitrine neben der Kasse. Sie wiesen ihn an, alle Schmuckstücke aus genau diesem Glasschrank herauszunehmen. Er zog einen kleinen Schlüssel aus seiner Weste, schloss auf und nahm vorsichtig die kleine, aber sehr edle Kollektion heraus, die nur aus fünf goldenen Teilen bestand. Damenschmuck und ein Siegelring für Herren. Eine gute Wahl, das musste man ihnen lassen.

Als er nach links schaute, entdeckte er den kleinen roten Karton und ein weiteres Blatt, auf dem stand, dass er bitte alles dort hinein legen solle. Da stand wirklich „Bitte" und am Schluss „Danke". Verrückt.

Als der kleine Karton gefüllt war, nahmen beide wieder in ihrer ruhigen Gleichmäßigkeit, nein, das konnte doch nicht wahr sein, ihre pinkfarbenen Rucksäcke vom Rücken und legten vor seine Füße ... einen pinkfarbenen Jogginganzug, eine weiße Maske, die Perücke und zum Schluss die passenden Turnschuhe dazu, aber die, das sah er gleich, waren mindestens zwei Nummern zu groß für ihn.

Körpersprache und die beiden kleinen Pistolen zeigten eindeutig an, was er nun zu tun hatte.

Ihre Beute hatten sie inzwischen verstaut. Sie blickten nun in Richtung Tür und gaben ihm zu verstehen, dass er vor ihnen hinaustreten sollte.

Er hörte beim Schließen noch sein Kling Klang und wurde dann leicht von hinten geschubst. Mit den viel zu großen Schuhen stolperte er in den dicken Nebel hinein.

Nach ein paar Metern drehte er sich vorsichtig um, hinter ihm war nichts zu hören. Nebel, nichts als Nebel, der ihn umgab. Er riss sich Maske und Perücke vom Kopf und starrte ungläubig in den weißen Dampf.

Eine Stunde später gab eine Polizeistreife per Funk durch, dass man die ganze Stadt kontrolliert habe.

In ihrer Meldung erwähnten sie nicht, dass sie einem alten Pärchen zu gewunken haben, das auf einer Bank vor der Seniorenresidenz gerade eine Schachtel Konfekt öffnete.

Fast wie im Märchen

Als er aus dem dunklen Flur in das Wohnzimmer trat, ging plötzlich das Licht an. Vor Schreck konnte er sich nicht von der Stelle bewegen.

Kommen Sie ruhig rein, ich habe Sie eigentlich etwas früher erwartet, ach, nehmen Sie die Maske ab und ziehen die Handschuhe aus, Sie werden sonst schwitzen hier drin.

Er versuchte seine Gedanken zu ordnen. Da saß eine Oma wie aus dem Märchenbuch. Auf dem Kopf ein Kranz aus weißen Zöpfen, das Gesicht rund mit kleinen Grübchen am Kinn, und die blauen Augen strahlten ihn förmlich an. Und nun?

Setzen Sie sich, ich habe uns Tee gekocht, Sie müssen doch durchgefroren sein, sind ja fast eine Stunde um meine alte Hütte geschlichen.

Genau, völlig richtig, eine Stunde angespanntes Warten und Beobachten, ohne dass ihm etwas aufgefallen oder gar ein Ton zu hören gewesen wäre.

Ich habe Ihnen ein paar Brote geschmiert, junge Männer in Ihrem Alter haben immer Hunger, richtig?

Warum hatte sie noch nicht die Bullen angerufen, was sollte das hier werden? Mein Gott, dieses freundliche Lächeln wieder.

Na bitte, der Tee tut Ihnen richtig gut. Der Januar ist nicht so günstig für Ihre Unternehmungen, ja, packen Sie den Rucksack ruhig auf den Stuhl da. Sehen Sie das Fernglas hier, gehörte meinem verstorbenen Mann, er war Jäger, mit dem Ding kann ich auch nachts alles genau erkennen, einfach toll. Finden Sie nicht?

Wir haben uns gegenseitig beobachtet, das gibt es doch nicht.

Seit einer Woche habe ich Sie im Visier, die Zeit stimmt doch? Wissen Sie, wenn man den ganzen Tag so allein ist, freut man sich über jede Abwechslung und ich war gespannt, wann Sie auftauchen würden und wer Sie sind, verstehen Sie?

Na klar, die Omi ist einsam, braucht Unterhaltung, deshalb hat sie noch nicht Alarm geschlagen.

Noch ein Tässchen, jetzt haben Sie richtig ein bisschen Farbe bekommen und die Wurstbrote schmecken ihnen auch.

Nun lächelt sie wieder. Wie komm ich nur aus dieser Nummer hier raus.

Nun, wo Sie sich etwas gestärkt haben, können Sie mir auch einen Gefallen tun.

Hatte er eine Wahl, noch schlimmer konnte es ja nicht kommen.

Ich bin nicht mehr so gut zu Fuß und hätte gern eine Flasche Holundersaft aus meinem Keller. Über den Flur gerade zu, die grüne Tür, da geht es nach unten, der Schalter ist rechts, aber Vorsicht, die Treppe ist aus Stein und es geht steil hinab.

Okay, aber dann hau ich hier ab. Die Stufen sind ja vereist... Nein!!!

Hallo, ist da die Polizei, ja, bitte kommen Sie schnell, bei mir ist eingebrochen worden.

Das Kreuzworträtsel

D ie Melone war so groß wie ihr kleiner Kopf. Sie lag auf dem Küchentisch und sollte wohl heute ihr Ende erleben. Sie hatte sie eigens für den Jungen gekauft, wenn er nachher aus der Schule kam, um bei ihnen, wie jeden Donnerstag, Mittag zu essen.

Er starrte schon einige Augenblicke auf die Sträuße der Wachstuchdecke, dann wieder zur Melone. Unter dem Tisch scharrte er mit seinen Latschen nervös hin und her.

In seiner rechten Hand hielt er einen fein säuberlich angespitzten Bleistift. Die linke lag zur Faust geballt neben der Melone.

Er schaute sie erwartungsvoll an, als sie in die Küche gewackelt kam, nur noch 45 Kilo, aber fast doppelt so alt, genau wie er. Ihr Gesicht war verzehrt von den höllischen Gliederschmerzen, die im Zweikampf mit ihren glasklaren Gedanken standen. Sie war zäh, das wusste er.

Sie setzte sich zu ihm an den Tisch und stöhnte leise.

Wo ist mein Kreuzworträtsel, kam es zischend aus seinem Mund. Dabei flogen kleine Speichtropfen in ihre Richtung.

Ach, da habe ich vorhin die Kartoffelschalen …

Weiter kam sie nicht, denn ihm war schlagartig klar, dass sein Rätsel nun in der braunen Tonne gelandet war und diese Tatsache führte dazu, dass er wie ein Karpfen nach Luft schnappte und rot anlief.

Reg dich nicht so auf, denk an dein Herz.

Ich will sofort mein Kreuzworträtsel, sofort. Er stampfte nun mit beiden Füßen auf den Boden und schrie nochmals aus Leibeskräften sein Sofort.

Sie wollte ihm erklären, dass morgen ja ein neues da wäre, aber das erreichte ihn natürlich nicht.

Seit 30 Jahren löste er jeden Tag sein Rätsel, das war ein ungeschriebenes Gesetz in diesem Haus, ob sie das vergessen habe?

Sie zuckte nur mit den Schultern und putzte ruhig ihre Brille mit dem Geschirrhandtuch.

Es war nur ein kurzer Moment, ein Stuhl flog nach hinten, er griff zur Melone und schon sauste die grüne Kugel auf ihren kleinen grauen Kopf. Die 45 Kilo fielen zuerst auf die bunten Sträuße und dann nach links auf den Küchenfußboden. Plumps, machte er in Gedanken.

Suchend schaute er sich nach einem Küchenmesser um, mein Gott, er hatte noch nie eine ganze Melone gegessen.

Der Klassiker

Sie trafen sich regelmäßig alle vier Wochen vor oder in der Laube von Carla. Vor drei Jahren waren sie gemeinsam in Pension gegangen. Obwohl sie unterschiedliche Fächer unterrichtet hatten, verstanden sie sich immer gut.

Eine Frauenfreundschaft, die besonders zum Tragen kam, als ihr Gymnasium einen Mann als Schulleiter bekam. Nun galt es doppelt und dreifach zusammenzuhalten.

Der Neue, also dieser Kerl, stellte alles auf den Kopf, was bisher doch so gemütlich dahin plätscherte. Da wurden plötzlich Pausenaufsichten, Lehrpläne, Klassenbücher und Weiterbildungen kontrolliert, sogar in den Unterricht kam er, um zu hospitieren… Das ging nun doch zu weit.

In Carlas Laube wurden nun auch Pläne entworfen, die aber jeglicher pädagogischen Grundlage entbehrten. Es galt Strategien zu entwickeln, wie man sich zu verhalten habe, für die einzelnen Fachbereiche, aber vor allem für die bisher sehr tonangebenden weiblichen Kollegen.

Ulla, die Biologielehrerin, war sich sicher, dass dieser Mann gar kein richtiger wäre. Er trug stets langweilige Stoffhosen, einen Pferdeschwanz und manikürte sich die Fingernägel. Sie vermisse gewisse Rundungen am Po, den Waschbrettbauch sowie eine gut geformte Nase. Schließlich sei letztere ja ein Spiegelbild, aber gut.

Elke, sie hielt sich für eine sehr fähige Geografin, verwies darauf, dass solche Männertypen nicht in der Lage wären, sich nach einem Kompass zu orientieren und sich in jedem noch so kleinen Supermarkt verlaufen würden. Und bei diesem Herrn kann man davon ausgehen, dass er auf einer Landkarte einen Fluss nicht von einen Eisenbahnlinie unterscheiden könne.

Carla, die Seiteneinsteigerin, sie war studierte Germanistin, verglich ihn mit Goethe, der sollte damals auch dem jungen Karl August in Weimar die schönen Künste näher bringen, was aber nicht so richtig funktionierte, wie man weiß.

Und nun saßen sie also wieder in pensionierter Eintracht vor der Laube. Die ersten Gläser Schampus trank man auf das Wohl der armen Kollegen, die nach den heißen Sommerferien wieder, wie sie es nannten, in die Anstalt mussten. Die Obstler galten der neuen Schulleiterin, einem richtigen Weibsbild, da war man sich sicher. Sie trug Push-up-BH, vertretbare Miniröcke und steile Absätze.

Die männlichen Kollegen, den Hausmeister eingeschlossen, hingen an ihren stets zartrosa geschminkten Lippen und waren für alle pädagogischen Aufgaben vor allem nach dem Unterricht hoch motiviert. Da konnte man doch fast wieder ins Schwärmen kommen. Als es Zeit für den Absacker wurde, brach es plötzlich aus Ulla heraus. Lag es am Alkohol oder an der jahrelangen Ungewissheit, als sie nun die, man könnte fast meinen, Gretchenfrage stellte, woran er wohl gestorben sei.

Bei ihrer Verabschiedung hatte er sogar mit einem Gläschen mit ihnen angestoßen und am späten Nachmittag fand ihn die Reinigungskraft tot an seinem Schreibtisch, wie es auf den ersten Blick schien, schlafend.

Zwei zuckten unschuldig die Schultern. Die dritte kramte in ihrer Handtasche und holte ein kleines gelbes Reclam-Heftchen heraus. Es war Goethes Faust. Erster Teil. Carla dozierte nun über eine Szene, die es eigentlich im Stück gar nicht gab, und trotzdem wusste man, dass Gretchens Mutter an der zu hohen Dosis der Schlaftropfen gestorben war.

In der dramatischen Fachsprache nennt man das Teichoskopie, im wahren Leben eher einen unbeobachteten glücklichen Moment.

✦ ✦ ✦

Die Bank am Hang

Sie würde es schaffen, rechtzeitig anzukommen. Auf der Autobahn war wenig Verkehr. Heute galt es, alles auf eine Karte zu setzen, entweder trennte er sich von seiner Familie, oder... Einen Plan B hatte sie nicht.

Der kleine grüne Fiat schnurrte nun über die Landstraße. Links und rechts erhoben sich die Bergriesen, die sich bereits in dunkle Schleier hüllten. Hoffentlich regnete es nicht.

Erstes Dämmerlicht empfing sie vor ihrer Pension. Die Wirtin, wie immer freundlich, gab ihr den Schlüssel. Ein paar bedeutungslose Floskeln und ab ins Zimmer. Seit drei Jahren kam sie nun schon hierher.

Sie warf die Reisetasche aufs Bett, ein Blick in den Spiegel, dezent geschminkt mochte er sie am liebsten. Schnell die Wanderschuhe an und ab in den Wald.

Die Abendkühle war schon zu spüren, trotzdem schwitzte er. Mit dem Akku-Schrauber in der rechten Hand kniete er seitlich neben der Bank. Das war gefährlich, denn ihre Bank, ihre heimliche Liebesbank seit drei Jahren, ragte mit ihrer Sitzfläche 40 Zentimeter über den steilen Berghang. Ihre Füße baumelten immer über dem Abgrund. Das machte die Heimlichkeit noch aufregender.

Er versuchte ganz ruhig zu sein und nicht nach rechts zu schauen. Leise surrte das Werkzeug.

Die Schrauben saßen fest. Erste Regentropfen fielen auf sein Gesicht. Endlich, das Metall löste sich, nur noch die Spitzen waren verdeckt.

Sie würde es nicht bemerken, erschöpft vom Aufstieg würde sie sich auf die Bank fallen lassen. Er kicherte leise vor sich hin. Ja, sie würde sich so richtig fallen lassen… 800 Meter tief.

Schnell stand er auf, drückte das Gebüsch zu Seite, das die Bank so wunderbar versteckte und lief zügig zum schmalen Steinpfad, der neben dem Wanderweg verlief.

Irgendwann würden sie aneinander vorbeilaufen, jeder in seine Richtung.

Noch ein paar Meter, dann hatte sie es geschafft. Die Vorfreude spornte sie an. Gleich würde er sie in den Arm nehmen, sie küssen und das Schönste dann später.

Nur nicht stolpern und ausrutschen, die Steine und Wurzeln waren gefährlich glatt.

Endlich, sie war am Ziel.

Der Fünfjährige stürmte zur Wohnungstür. „Papi, Papi, du kommst ja doch schon nach Hause."

Er streichelte liebevoll den Kopf seines Sohnes. „Stell dir vor, mein Geschäftspartner ist plötzlich krank geworden, nun kann ich mit euch Abendbrot essen."

Seine Frau schaute in sein blasses Gesicht und dann auf seine erdverschmierten Schuhe.

Keiner sagte ein Wort.

✧ ✧ ✧

Zwischenstopp

Die Toiletten der Autobahnraststätte befanden sich über dem Restaurant. Auf der rechten Seite führte eine breite Treppe nach oben, dann musste man nach links schwenken. Wie von einem Balkon aus konnte man nun auf die essenden und schnatternden Menschen schauen.

Und auf Simone. Sie saß genau unter ihm und er konnte beobachten, wie sie ihre Bratkartoffeln und das Schnitzel, natürlich mit Ei, in sich hineinschaufelte. Sie war voll und ganz auf ihren Teller konzentriert. Was um sie herum geschah, bekam sie nicht mit.

Er überlegte, ob es in den letzten zehn Jahren eine Zeit gab, in der das Essen nicht wichtig für sie war. Er konnte sich nicht daran erinnern. Sie wurde immer dicker. Ihr Hintern verdeckte die gesamte Sitzfläche. In Jeans sah sie wirklich peinlich aus. Die weite bunte Bluse verdeckte geschickt ihr Bauchfett. Silberne Armreifen klapperten am linken Handgelenk und die kleine teure Uhr verschwand auf der rechten Seite in einer fleischigen Hautfalte.

Ihr idiotischer Kurzhaarschnitt zeigte jedem, dass zwischen Kopf und Körper kein Hals mehr zu entdecken war.

Simone war da unten die dickste Frau und was besonders schlimm war, es war seine Frau, die er vor langer Zeit wohl einmal aus Liebe geheiratet hatte.

Als er vom Klo zurück kam, sah er das Schild an der Damentoilette. Sie war defekt, es wurde auf die Container verwiesen, die hinter der Raststätte zu finden waren.

Als er zu Kerstin an den Tisch trat, versank ein kleiner Löffel gerade in einem butterweichen Tiramisu und ihr Gesicht wirkte sichtlich verklärt dabei.

Endlich war sie mit dem Essen fertig und fragte nach dem gewissen Örtchen. Er beschrieb ihr die Situation und Simone machte sich auf den Weg. Beim Laufen musste sie schon heftig schnauben und bemerkte nicht, dass man ihr folgte.

Für einen Moment hielt sie inne, als sie vor der blechernen Tür stand, darin würde es eng und stickig sein, vom Gestank ganz abgesehen. Simone litt an Klaustrophobie, aber ihre Blase duldete keinen Aufschub, sie würde sich beeilen und dann nichts wie raus aus diesem Kasten.

Was Simone nicht sehen konnte, war die Hand, die von draußen mit einer kleinen rostigen Eisenstange die Verriegelung blockierte.

Die nun folgenden menschlichen Laute wurden von der nur wenige Meter entfernten Autobahn völlig verschluckt.

Unter den vorbei rasenden Autos befand sich auch ein dunkler Wagen der Mittelklasse, der in Richtung Süden fuhr und von einem zufrieden lächelnden Herrn gesteuert wurde.

Freundinnen

Die Zahl drei ist eine besondere, wie man weiß. Da gibt es die berühmten „Drei Musketiere", „Die Drei von der Tankstelle" oder die, die in einem Boot saßen.

Und es gab die drei Mädchen, die seit Kindertagen befreundet waren und sich im Laufe der Jahre zu reifen Damen gemausert hatten.

Zwischen ihnen gab es scheinbar keine Geheimnisse, sie wussten fast alles voneinander. Wer, wann, von wem den ersten Kuss bekam, überhaupt das erste Mal, da konnte man ja so viel erzählen und keine konnte sicher sein, was Dichtung und Wahrheit bei den jeweils beiden anderen voneinander trennte. Man fieberte stets die festen Treffen herbei, um sich wie immer gründlich „auszukotzen".

Natürlich wurde alles frauenfreundlich verbal verpackt, schließlich wollte man nicht so plump und einfältig wie die Männer daherreden. Apropos Männer. Davon gab es wie bei einem gleichmäßigen Rotationsbetrieb immer wieder neue Modelle. Das lag daran, dass man sich gegenseitig ständig klar machte, was für Loser die anderen an ihren Seiten hatten. Und das tat unheimlich gut.

Dann kam Thomas. Er war der vierte Mann von Gabi und er sollte der letzte sein. Die beiden verstanden sich großartig, es gab nichts, was man beanstanden konnte. Er war einfach perfekt.

Für Ellen und Conny war das jedoch eine völlig neue und daher nicht zu akzeptierende Situation.

Von Neid zerfressen beobachteten sie, wie Thomas seine Gabi auf Händen trug, ihr jeden Wunsch von ihren blauen Augen ablas, selbst gepflegt und modisch gekleidet in Erscheinung trat.

Und die Krönung der Beziehung war, dass er noch einen Haufen Kohle verdiente.

Gabi blühte auf, durch eine Haushaltshilfe hatte sie nun viel Zeit für Shopping und Schönheitspflege. Sie war für die beiden anderen immer weniger ansprechbar, nicht nur wegen der vielen Reisen, nein, auch weil Gabi ihre Mädchen einfach nicht vermisste.

Wo sollte man da ansetzen? Alle Versuche, ihre Busenfreundin wieder für sich zu gewinnen, schlugen fehl. Sticheleien, Zweideutigkeiten, Provokationen, den Supermann verdächtig zu machen, schmetterte Gabi einfach mit einem seligen, durchaus wissenden Lächeln ab.

Conny und Ellen mussten handeln. Was würde passieren, wenn eine von beiden plötzlich auch auf einen Thomasverschnitt stieß, dann säße am Ende eine ganz alleine da und dass mit Mitte vierzig! Eine Katstrophe könnte sich da anbahnen. Eine Frau allein im Getriebe der stets hechelnden Gesellschaft.

Drittes Rad am Wagen, Anhängsel, Ladenhüter kurz vor den Wechseljahren, Warum-hat-die-keinen-abgekriegt-Getuschel!

Ja, so dachten beide insgeheim und beäugten sich nun viel intensiver, immer mit der Angst im Nacken, die Vergessene, die Übriggebliebene zu werden.

Der Selbsterhaltungstrieb mündete zunächst in zahlreichen kleinen Besäufnissen.

Angesäuselt wurden Pläne geschmiedet, wieder verworfen, weiter getrunken und nach mehreren Wochen hatte man ihn, den berühmten Plan.

Es funktionierte, Gabi war nach einigen Anläufen bereit, mit ihnen ein Mädels-Wochenende in den Bergen zu verbringen. Wandern, Wellness, Wiedergutsein.

Mit viel Gekicher – man trank die ersten Piccolos schon vor dem Start – marschierten sie den Berg hinauf. Ach, war das schön, fast so wie früher. Man hörte sich zu, streichelte sich am Oberarm, fotografierte sich.

Natürlich mussten Fotos gemacht werden, das war ja schließlich ein besonderes Ereignis und der liebe Thomas sollte doch auch sehen, wie gut sie sich vertrugen. Ein Selfie, extra nur für ihn.

Sie standen mit den Rücken zum Abhang, sie hörten nicht auf zu schnattern und schoben sich hin und her, denn jede wollte gut zu sehen sein, Gabi natürlich in der Mitte, Arme, die sie hielten…und plötzlich los ließen. Den erschrockenen Schrei hielt das Bild nicht fest, nur zwei Frauen, die scheinbar entsetzt in die Tiefe schauten.

Unten am Berg, wo sich der Parkplatz befand, sah man eine Weile später zwei Frauen in ihre Autos steigen und mit aufheulendem Motor davon brausen.

Beide hatten das gleiche Ziel.

Jede wollte die Erste bei Thomas sein.

Gitta

Gitta war eine kleine dralle Blondine, die sich gerade durch das sechste Semester Deutsch und Geschichte auf Lehramt quälte. Ja, quälte.

Eigentlich wollte sie Sängerin werden. Im Schulchor hatte sie alle an die Wand gesungen und bekam viel Lob von ihrem Musiklehrer. Daher dachte sie wohl, dass man auch ohne Gesangsunterricht und mit einem verwegenen Augenaufschlag reich und berühmt werden könnte. Ihre abzählbaren Auftritte in einer stadtbekannten Band wurden, wie sie immer wieder versicherte, vom Techniker versaut.

Gitta hatte aber überhaupt nicht vor, sich ihre Zukunft von kleinen pubertierenden handyverseuchten Kids und deren gepiercten und tätowierten Eltern zu vermiesen. Noch schlimmer, so berichteten die Referendare, waren die Helikoptersenioren, die immer in Begleitung ihres Anwaltes zum Elternsprechtag kamen.

Außerdem liebte Gitta ihren Martin und das schon seit der Grundschule. Martin stand kurz vor dem Abschluss seiner Masterarbeit und hatte bereits einen Vertrag mit einem großen Unternehmen in der Tasche. Er würde später ausreichend für sie beide Geld verdienen.

Im Moment war es aber Gitta, die für eine finanzielle Unterstützung ihrer Beziehung sorgte. Denn eines konnte sie recht gut, nämlich kellnern. Sie war flink, hatte ein perfektes Kurzzeitgedächtnis und die notwendige Armkraft, um volle Tabletts zu transportieren.

Auch an diesem Freitag hatte sie die Anfrage eines Hotelrestaurants angenommen, obwohl sie eigentlich für ihre Hauptprüfung in Geschichte am Montag hätte lernen müssen.

Trotzdem oder gerade deshalb stand Gitta pünktlich um 16 Uhr im Saal, wo sie mit zwei professionellen Kellnern eine Hochzeitsgesellschaft bedienen sollte. Diese Feierlichkeiten versprachen stets reichlich Trinkgeld und man konnte hie und da von den Köstlichkeiten naschen.

Gitta sollte als erstes die Sektflaschen öffnen und sofort einschenken, weil der Bräutigam alle Gäste begrüßen wollte. Zügig griff sie zur Flasche und als sie die vergoldete Verpackung entfernte, fiel ihr Blick mehr zufällig als bewusst auf den älteren Herren neben der Braut.

Erkennen und Abschuss des Korkens, zwei zeitgleiche Momente, die nicht geplant und somit auch nicht aufzuhalten aber von brisanter Wirkung waren.

Gitta hatte ihren Geschichtsprofessor Altmayer erkannt und das war der Grund, warum sie nicht in der Lage war, die Flasche in eine andere Richtung zu drehen, sodass der Korken mit voller Wucht das linke Auge des Mannes traf.

Was dann geschah, konnte keiner der Anwesenden im Nachhinein genau beschreiben. Wahrscheinlich ist, dass der Professor nach der Serviette griff, um sein Auge zu schützen und dabei im Schmerzzustand nicht bemerkte, dass er mit dem gestärkten weißen Tuch auch ein Messer in die Hand bekam und dieses sich in das bereits blutende Auge bohrte.

Gitta, die das unverdiente Glück hatte, Freitagabend im anschließenden Chaos unterzutauchen, erschien wie alle ihre Kommilitonen pünktlich am Montag zur angesetzten Prüfungszeit im Hauptgebäude. Die dort ausgehängte Information wurde laut von einer Studentin vorgelesen.

Gitta gelang es ohne große Mühe, Betroffenheit zu zeigen. Vielleicht, dachte sie im Stillen, könnte sie ja auf seiner Beerdigung kellnern.

✦ ✦ ✦

Eine offene Rechnung

S ie war stets die letzte Patientin, die an jedem Freitag im Warteraum saß. Es hatte sich mehr oder weniger so ergeben, weil sie an diesem Tag eher Feierabend hatte und seine Praxis nur wenige Minuten von ihrer Filiale entfernt waren.

Mit der Zeit erkannten beide den Vorteil dieser Situation, denn man konnte ungestört die manuelle Therapie ausdehnen, die meistens auf der stabilen Bodenmatte endete. Sie fanden schnell Gefallen aneinander, sodass nicht nur sie entspannt ins Wochenende ging.

Ihre Lebensläufe wiesen einige Gemeinsamkeiten auf, nach mehreren gescheiterten Beziehungen sowie Kinderlosigkeit waren beide Single und steuerten ihrem 50. Geburtstag entgegen. So verspürten sie logischer Weise auch nicht das Gefühl, etwas Verbotenes zu tun.

Die Bankangestellte sah es auch als selbstverständlich an, dass der durchtrainierte Therapeut all seine Künste und Fähigkeiten an ihrem Körper ausprobierte. Und dazu gehörten nicht nur die sinnlichen Massagen, Yoga und Fitnessübungen, nein, er beherrschte auch die hohe Schule der Hypnose, die sie aber bisher noch nicht angewendet hatten.

Sie hatten ein wirklich problemloses und im wahrsten Sinne des Wortes gesundes Verhältnis.

Doch wie immer im Leben, war das Gute nie von langer Dauer.

Der Wunderheiler, so bezeichnete sie ihn für sich im Stillen, hatte ein unglückliches Händchen im Umgang mit dem lieben Geld. Die Gläubiger saßen ihm im Nacken, denn er war im Verzug mit seinen Raten. Sehr aufwendig hatte er vor drei Jahren seine Praxis modernisiert.

Und so war es auch nicht verwunderlich, dass er sie darauf ansprach und zwar in dem Moment, wo er ihr eine Ganzkörpermassage gönnte und seine Hände gerade liebevoll ihre Brüste umspielten. Sie hätte doch vielleicht Möglichkeiten, man könne doch irgendwie etwas hin- und herschieben oder kurz mal ausleihen...

Die Bankangestellte befand sich im wohligen Zustand und war ganz sicher nicht mehr Herr, also besser Frau, ihrer Sinne. Und so kam es, dass sie ihm versprach, sich um die Sache zu kümmern.

Drei Monate später, es war wie immer ein Freitag, kam sie eine halbe Stunde früher als geplant, weil sie sie sich einfach in der Zeit geirrt hatte. Der Warteraum war leer und sie wollte schon in das Behandlungszimmer treten, als sie eindeutige Geräusche vernahm, die ihr sehr vertraut waren.

Sie machte auf der Stelle kehrt und schlich ins Nebenzimmer. Hier stand die Liege mit den Hanteln, die er täglich auf dem Rücken liegend, nach oben stemmte. Ohne lange zu überlegen, lockerte sie links und rechts die Verankerungen, sodass die schwere Hantel zwar noch in der Halterung lag, aber schon die kleinste Erschütterung würde dafür sorgen...

Am nächsten Morgen bat sie um einen Gesprächstermin bei ihrem Chef und gestand, dass sie auf Grund einer privaten Notsituation einige Tausend unterschlagen hatte und kündigte im gleichen Atemzug. Man vereinbarte Stillschweigen, wenn sie in monatlichen Raten, den Betrag zurückzahlen würde.

Auf dem Heimweg las sie in der U-Bahn die Meldungen des Tages. Auf der letzten Seite der Zeitung fand sie bestätigt, was sie erhofft hatte. Dort stand, dass ein Physiotherapeut erschlagen von einer Hantel in seiner Praxis gefunden wurde.

Manche Wünsche erfüllen sich doch. Sie lächelte.

✦ ✦ ✦